점을 찍지 않아도 맺어지는 말들

청춘문고

점을 찍지 않아도 맺어지는 말들

박지용 문장집

우리 눈 속으로 잠깐 숨자

모든 게 다 괜찮아질지도 몰라

차례

1부 영의 순간

겨울이 오면 · 15
점을 찍지 않아도 맺어지는 말들 · · · · · · · · · · 17
우리의 세계 · 19
우리의 밤 · 20
영의 순간 · 22
제주 바다가 들려준 비밀 · · · · · · · · · · · · · · 25

2부 영수증을 주세요

딸꾹질 · 29
필요한 사이 · 30
영수증을 주세요 · · · · · · · · · · · · · · · · · · 32
회색의 비밀 · 35
가면 놀이 · 36
나의 무게 · 38

3부 이야기를 읽을 자격

절망과 절망과 절망 · · · · · · · · · · · · · · · · · · 43
무서운 이야기 · 45
옛 생각은 짜다 · · · · · · · · · · · · · · · · · · · 46
벽이 없는 방 · 48
오해 · 51
원수는 저녁 식사에서 만나기로 하자 · · · · · · · 53
내뱉음 · 57
시각장애 1급 증명서 · · · · · · · · · · · · · · · · 59
회고록 · 61
이야기 · 63

4부 나였던 당신에게

안부 · 67
당신으로 인해 · · · · · · · · · · · · · · · · · · · 69
4월 13일 · 71
하늘에 절망 하나 · · · · · · · · · · · · · · · · · · 75

나였던 당신에게 · · · · · · · · · · · · · · · · · · 76
빛을 등지고 · 79
누구에게도 부르지 못한 노래 · · · · · · · · · · · · 80
절망의 더 안쪽 · · · · · · · · · · · · · · · · · · · 83
사형 선고 · 86
단추 · 89
원형 · 91

1부
영의 순간

겨울이 오면

겨울이 오면
긴 긴 이야기를 나눌 수 있을 거야
추위는 우리에게
동굴 속에서 살아가도 좋다
말해줄 거니까

점을 찍지 않아도 맺어지는 말들

서로의 눈빛이
선처럼 이어지던 자리에는
굳이 점을 찍지 않아도
맺어지는 말들이 있었다

우리의 세계

두 세계의 충돌은
생각보다 더 큰 확장을 만들어냈다

표현 가능한 것들의 범주보다
더 빠르게 팽창된 새로운 우주 앞에서

나는 무한으로 작아진다
영원이 된다

우리의 밤

먼지처럼 소리 없이 쌓인 생각은
침대 밑 기둥에 달라붙어 잠을 옭아맨다

당신인 것과
당신이 아닌 것의 경계는
어제의 밤과
오늘의 새벽 사이에 있게 되었다

쏟아진 하루를 지탱하는 베개는
한쪽만 푹 패어버렸다

그쪽은 나의 것일까
당신의 것일까

그것이 크게 중요하지 않은 종류로
분류될 즈음

밤은 정의된다

이 밤은 우리의 것

영의 순간

바닥이다
손끝에 바닥이 닿고야 말았다
가장 높은 곳이 결국은
가장 낮은 곳이라는 말이 떠오른다
그래 기어코 바닥으로 왔다
아무것도 보이지 않아
어느 것도 할 수 없는
백의 상태
그 백색 속에서
그야말로 영의 순간으로 돌아간다
영에서 나는
우리는 어떠했는가
서로라는 것을 처음 알았을 때
아니 어쩌면 하나의 세계만 존재했을 때
그때 내 백색 속의 당신은 어떠했는가
영에서 다시 영으로 돌아온 지금

손으로 바닥을 짚은 지금
나는 문득 우리가 참 잘했다는 생각을 한다
서로가 서로에게 서로를 온전히
토해낸다는 것
그 고통의 끝을 마주한 것이니
그래도 그 정도면
참 잘해온 것이 아닌가 생각한다
언젠가 영의 순간이 오면
당신은 나를 미워하게 될지 모른다고 했지만
나는 당신이 지금 이 영의 순간을
결코 평범하지 않은 눈물들로
뜨겁게 마주하고 있을 거라는 걸 안다
내가 그랬듯이

영의 순간에 있다
참 다행인 일이 아닌가

제주 바다가 들려준 비밀

바다의 비밀을 들어버린 그는
파도 속으로 몸을 던졌다
영영 돌아올 수 없기를
간절히 바라면서

2부
영수증을 주세요

딸꾹질

딸꾹질을 멈추고 싶지 않았다
그건 오랜만에 찾아온 생동감이었다
살아있음
을 느끼고 싶은 날들이 있었다

필요한 사이

당신이 필요해요
필요로 당신을 만난다 해도
괜찮은가요

누군가 나를 필요로 한다는 말이
당신에게는 기쁨이 될 수 있나요

그렇다면 다행이에요
나에게는 지금 당신이 필요하니
내 곁에 있어줘요

이유는 묻지 말아줄래요
나는 그저 당신이 필요한 걸요

고마워요

당신도

내가 필요한 순간까지

내 곁에 있으면 돼요

우린

서로에게

필요한 사이니까요

영수증을 주세요

오늘 만남의 영수증을 주세요
집에 가 침대에 누워
오늘을 어떻게 처분할지 생각하게요
환불은 되는 거죠 이유는 묻지 않았음 해요
요즘은 그런 세상이니까요
곤란하다구요
그럴 거면 아까 미리 얘기를 했어야 한다구요
아 그럼 됐어요
환불은 하지 않을 테니 그냥 주세요
적어도 오늘을 증명할 수 있는 건 있어야 하니까요
오늘 우리의 절반은 나의 것이니 그 정도는 되겠죠
심지어 아까 본 길고양이 이름도 내가 지어줬는 걸요
사람이 뭐 그리 계산적이냐구요
나도 어쩔 수 없는 걸요
처리하지 못한 날들이 너무 많거든요

영수증이 없으면

내일을 살아갈 수 없거든요

회색의 비밀

회색 벽지 회색 의자
회색 바닥 회색 베개
회색 식탁 회색 접시
회색 노트 회색 연필
회색 양말 회색 코트
회색 커튼 회색 카펫
회색 옷장 회색 벨트
회색 안경 회색 침대
회색 신발 회색 가방
회색 수건 회색 칫솔
회색 안경 회색 쇼파
회색 속옷 회색 지갑

그가 방금 먹은 것은
무지개떡

가면 놀이

종이를 꺼내 들어 따라 그리세요

맑은 눈과
높은 코
웃는 입
적당히 선량하고 적당히 시니컬한 눈썹까지

좋아할 만한 색을 칠하고
얼굴에 잘 맞게 오려
양쪽 끝이 팽팽해지게 고무줄로 연결하세요

얼마나 시간이 흘러야
벗을 수 있을지 모르니 신중하게
쓰세요

거봐요

내가 뭐랬어요

멋질 거라 했죠

그렇게 웃으니 얼마나 보기 좋아요

날 봐요

나도 다 잊고

이렇게 웃고만 지내는걸요

나의 무게

나의 무게는
어제의 식단에서 비롯된다
어제의 식단은
그간의 과정들에서 비롯된다
그간의 과정들은
언젠가의 시작점에서 비롯된다
언젠가의 시작점은
기억하지는 못하지만
그 어느 때 즈음은 결코 아니다
정확하게 언제라고 말할 수 없는
그 어떤 순간 또한 아니다
그 언젠가의 시작점은
결국 그 순간의 지금

나의 무게는

지금 나의 식탁 위

에서 비롯된다

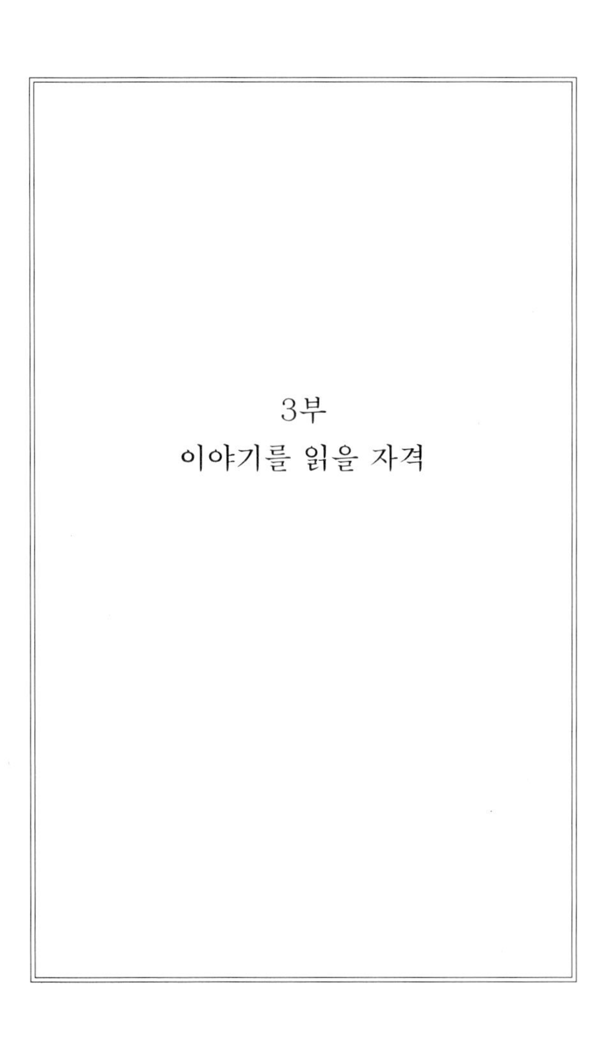

3부
이야기를 읽을 자격

절망과 절망과 절망

가난을 공유하는 일은
슬픔이나 기쁨을 나누는 일처럼
적절하게 반이 되거나
배가 되지만은 않는 것 같습니다
절망이 절망을 만나면
더 큰 절망이 되어
끝없는 구렁텅이로 빠져들기 쉬워요

무서운 이야기

남자애들이 몇 모인 자리에는
언제나 그의 이야기가 등장했다
서로 앞다투어 자신이 더 그에 대해
생생하게 이야기할 수 있다고 자신했다
그렇게 하지 않으면 안될 것만 같던 그 아이들은
정말 어찌할 수 없는 것이었을까
한 친구는 결국 울고
울음 앞에서도 더 생생한 이야기를 해대는 아이들
정말로 겁을 먹은 것은 누구였을까

옛 생각은 짜다

시간이 만들어준
식어 남아버린 소금기가
그것들을 함부로 헤집기 힘들게 만든다
어쩔 수 없이
한 움큼 입에 머금을 때면
입 속 상처들이 아리다
다시 뱉어 그 소금의 면면들을
살필 때면
알갱이들의 날카로움을 발견한다
날 선 모서리 사이에 빛을 튕겨내는
편편한 면들 또한 좋은 것만은
아니었음을 알게 된다
그렇게 관찰을 끝내고
다시금 한 움큼 입에 머금어 본다
하얗게 남은 소금들에 대해 생각해본다

그것들은 어디에서 왔는가

그렇게 한참을 고민하다
문득 입가의 소금기가
사라져버렸음을 깨닫는다

그렇게 소화되어버린
옛 생각

벽이 없는 방

부딪힐 벽이 없는 방에는 제자리가 없다
자리가 없으므로 거칠 것이 없는 바람은 비염으로 남는다
짙은 농도의 기억은 콧물처럼 흘러 호흡이 가빠진다

구분이 없다는 것은 불편한 일이다
모두 다른 모양과 모두 다른 색을 지닌 재료들이 혼재되어있는 잡탕
색이 많아 보는 것만으로 이미 어지러운 혼종
이 방을 찾는 이들은 어김없이 혼란에 빠진다

정리되지 않는 것보다 정리하려는 생각이 잘못된 일이라는 것은
너무 명백해 사람들은 다시 절망하고

절망한 이들로 채워진 방에서
호흡이 가쁜 이들은 호흡이 가쁜 곳으로
호흡이 더 가쁜 이들은 호흡이 더 가쁜 곳으로

안정된 이들만이 이곳에 남는다

방은 분류되었다
여전히 벽은 없으나 존중된 존재들은
서로를 침범하지 않되, 함께 살아갈 수 있다

오해

코끼리를 사자로 보면
사자가 코끼리를 낳을 수도 있게 되는 법이지
독방에서의 벽은
아무리 하얘도 새까맣게 보이기 마련이니까

원수는 저녁 식사에서 만나기로 하자

응어리진 감정은 고구마로 대접하겠습니다
탁자 위에 가득 놓인 군고구마
밥에는 잘게 썬 찐고구마
반찬으로는 고구마 조림
껍질을 까지 않은 고구마튀김
달달 볶은 고구마 순
뭉개 만든 고구마 샐러드
후식으로 고구마 맛탕

단 물은 없습니다
원하신다면 고구마 스무디는 가능합니다

저와 오늘 저녁 식사를 하시겠습니까
미리 공지하지만 식사 거절권은 저에게만 있습니다
식사의 끝은 목이 메 죽을 때까지

그때까지 먹지 못하겠다면
직접 목을 졸라드리는 방법도 있습니다

고구마 맛탕을 제외하고 모든 식사를 마치신다면
억울함을 토로할 시간을 드릴 수도 있겠습니다
그렇다고 고구마 맛탕을 드시지 않아도 된다는 뜻은 아닙니다
고구마가 목을 죄어오면
분명 감사함을 느끼시리라 생각합니다
남이 되어보는 것은 그만큼의 위험을 감수해야 하는 일이니까요

하지만 우리의 식사에는
고구마 스무디가 준비되어 있는 걸요
당신으로 하여금 삼켜버린 삼키지 못할 말들이

목 안 가득 차오르면 말해주세요
그때 할 최후의 이야기도 준비하시는 게 좋을 것입니다

그럼 오늘 저녁에 뵙겠습니다

내뱉음

지름길을 달려온 말은

절벽 위의 나무를 들이받고

부러진 나무와 같이

낭떠러지로 떨어진다

시각장애 1급 증명서

흔들리는 지하철 안
흩뿌려진 낡은 종이
다만 한 사람 외에 미동은 없다
혀를 차는 소리만 들릴 뿐
사람이 노력을 해야지 원
한 사람만이 종이를 줍고
누군가는 종이를 밟고
발자국이 찍힌 종이에는
다만 몇 글자가 힘도 없이 적혀있다
사람처럼 살기 위해 죽을 힘을 다했다
지하철은 다시 흔들리고
다만 한 사람 외에 사람은 없다

회고록

첫 등장은 늘 화려했다
쏟아지는 스포트라이트 사이로
흘러나온 노래의 첫 소절은
모두의 눈물샘을 자극할만했고
시간을 잃어버린 관중들은
노래 속에 흘러들어갔다
노래가 끝나고
스포트라이트가 꺼지고
무대에는 토마토가 낭자하다
도대체가…

광대여,
점잖게 걸친 신사복을 벗어제껴라

외발자전거를 타되
넘어지지 마라

이야기

모든 이야기는 이야기에 불과하다
이야기 속에 모종의 진실이 존재할 것이라 생각한다면
그건 이야기 속에 당신을 가두는 일에 불과하다
는 사실을 깨닫지 못한다면
당신은 그 이야기를 읽을 자격이 없다
진실은 이야기 밖에 있으며
그 밖을 이야기로 정의하는 이가 있다면
그는 분명 큰 벌을 받게 될 것이다
는 확신만이 그 이야기를 읽을 자격을 부여한다

진실을 찾는 이여
부디 이야기 속으로 들어가라

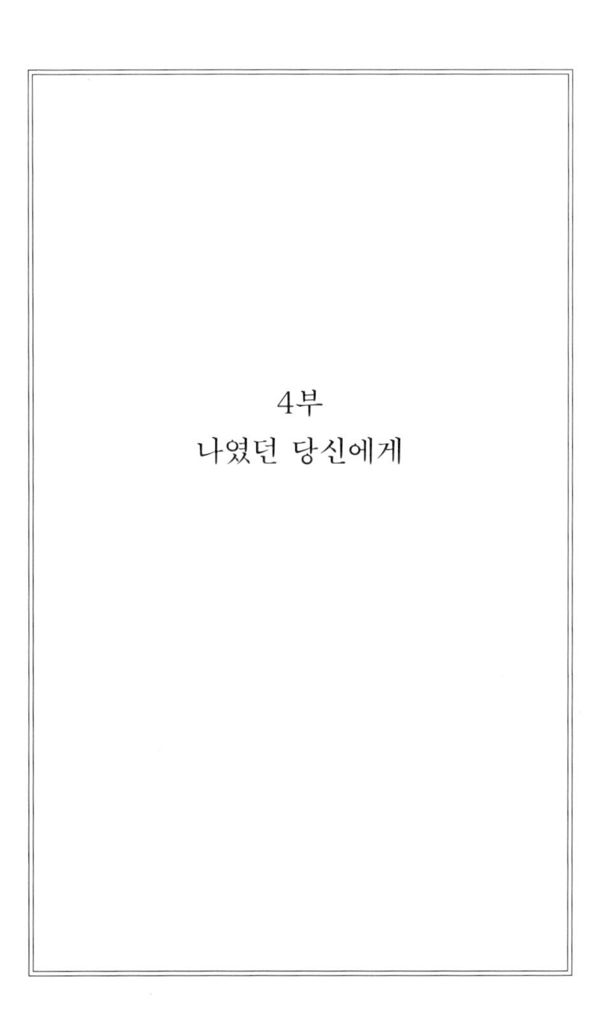

4부
나였던 당신에게

안부

소식을 전해 받는다는 것은 여전히 이상한 일입니다
당신의 안부를 전해 들은 날에는
방안의 사물들이 온통 곤두서 무릎에 멍을 만듭니다
손을 데거나 찧는 일은 마음의 그것만큼 빈번합니다
식사를 챙겼는지 물을 일이 없는 식탁은
함께했던 때의 반찬들로만 가득해
담길 수 있는 것이 없습니다
간밤에는 단잠을 잤는지요
밤을 새워 가장 간절했던 물음입니다

당신으로 인해

나의 밤은 당신으로 인해 무너진다
나의 방은 그 무너짐으로 가득 차
발 디딜 틈이 없다

4월 13일

당신은 내가 4월 13일이 무슨 날이었는지 기억하지 못한다고 서운해했다

나는 모든 뇌의 잔주름을 활용하여 그날을 기억하려 애쓴다

4월 무렵 우리에게 벌어졌던 일들에 대해 생각한다

4월,

우리의 기나긴 인연이 시작되었던 달

그때 어떤 일들이 있었는지

나는 아직 하나도 놓치지 않고 기억한다

당신은 내가 모든 걸 하얗게만 기억하려 한다고 하지만

내 기억은 아직 색깔 범벅이다

색이 바래지 않은 것은

잉크가 시간에 증발될 때마다

그 시간들을 꽉 쥐어짜 다시 같은 색들로 칠해놓았

었기 때문이다

기억 속 4월의 사진첩은

나름대로의 명확성을 가지고 있지만

정확히 4월 13일,

사진들은 정확한 날짜를 가지고 있지 않았다

그게 못내 아쉽다

아니 그게 견딜 수 없을 만큼 안타깝다

끝내 나는 13일이 우리에게 어떤 의미가 있던 날인지를 대답하지 못했다

그리고 그게 결코 이별의 이유가 되지는 않았지만

당신에게 13일의 의미를 듣게 된 지 며칠이 지나지 않아

우리는 이별했다

그날의 의미를 기억하지 못한 것은 어떠한 문제도 되지 않았다

다만, 사진첩 속의 모든 절망을
당신에게 한 장 한 장 꺼내어주고 난 지금
그날의 의미를 기억하지 못한 것은 아주 큰 문제로 남았다
적어도 나에게는

그리하여 나는 이제 기록을 남기기로 한다
그러니까 어제는 더 이상 무언가에 그 무엇도 바라지 않기로 한 그날부터 9일이 지난 날,
그러니까 오늘은 더 이상 무언가에 그 무엇도 바라지 않기로 한 그날부터 10일이 지난 날이라고

하늘에 절망 하나

하늘에 절망 하나 박혀있다
그것은 유달리 반짝여
어느 하늘에나
어느 때의 하늘에나 있다

하나의 생각으로
그 빛을 정의 내리는 것은
의지보다는 본능이다
살아남기 위하여

특별해질 일은 이제 없다
다만 당신 없는 일상을 살아내기 위해
대신 절망 하나를 하늘에 띄웠을 뿐이다

나였던 당신에게

형체도 없이 무너져내린다
절망조차 해볼 수 없는 종말이다
마음이 떠난 게 아니라
마음이 없어져버렸다

마음이 없어졌으니
그 외의 일들은 이미 이 세상의 것이 아니다

나의 세상에
내가 없다는 것
감각할 수 없다는 것

나의 사고에
당신이 사라져야 한다는 것

나의 사고가
사라져야 한다는 것

어떤 기록도 더 이상 할 수 없다는 것

이제 손마저 무너져내린다
사라진다
마지막 남은 손끝으로

나였던 당신에게

빛을 등지고

나에게 치우고 싶던 그늘이

너에게는 눈뜨기 힘든 불빛이었을 수 있다는 것

누구에게도 부르지 못한 노래

비가 오던 날

우리 마음에도 찬비가 내렸다

헌데 비는 마음에 닿아 따뜻해지기도 하는 것이어서

흠뻑 젖은 우리는 추운 줄을 몰랐다

뚝섬이 보이던 그 창 안에서

비에 번진 후미등의 행렬을 빛 삼아 불렀던 노래

함께 불렀던 이야기들 중 일부는

떨리는 불빛들로 머물렀고

또 다른 일부는 다음날의 비로 내렸다

비가 그치고 나서도

젖어있는 나는

다시 그때 뚝섬이 보이는 창 앞에 선다

비가 내리지 않아도 흔들리는 가로등 불빛은

비에도 온전히 젖지 못했던 나에게

비가 그쳐도 온진히 마르지 않는 나에게
말을 건넨다
너도 참 여전하다고

다시 비가 내리고
구멍이 난 우산을 펴는 나

절망의 더 안쪽

내 곁에 남아달라는 말을 끝내 하지 못했다
나의 존재가 이제 당신에게 절망이 되었으니
더 이상 마음을 부리는 건
더 절망적인 일이 될 것이다

당신과 함께 나이가 들어가기를 바랐다
나이를 먹는다는 것은
절망을 삼키는 일과 같아서
당신의 곁에 있으면 적어도 절망에 삼켜지지는 않으리라 믿었다

결정적인 순간에 해버린 거짓말은
진실의 모양새를 하고 우리를 덮어버렸다
그것은 어둠보다 조금 더 어두운 색을 하고 있어서
우리는 그 어떤 분간도 할 수 없었다

눈물을 흘리는 일과

서로를 배제한 채 흘러가버린 시간들 속에서

서로를 위해 또 다시 눈물을 흘렸던 일.

이제 서로라는 것이 존재할 수 없는 날들을 위해

눈물을 흘려야 할 일만이 남았다

끝도 없이 두리번만 대는 나는

여전히 방향을 찾지 못하고

조금씩 절망 속으로 걸어간다

절망하지 않기 위해 희망이라 믿었던 것과 손을 잡았으나

당신에게 모든 절망을 건넨 나는

온전한 절망 속으로 들어가는 중이다

알고 있다
당신 앞에서는 절망도 사치가 된다는 것을
나의 삶에 더 이상 당신 곁은 없지만
당신의 곁으로 가려 한다

절망의 더 안쪽으로 들어가보려 한다

사형 선고

어느 늦은 저녁 무렵의 시간
여기 누운 생명체의 심장이 멈췄습니다

사형 선고가 내려지자
누워있던 생명은 몸을 일으키고 죽음으로 향한다
죽었다는 생각이 슬펐는지
눈에서는 온 몸을 구성하고 있던 물이 전부 쏟아져나온다
눈이 말라 눈이 없어진 그는
더 두려울 것이 없다는 듯
앞으로 걸어나간다
눈이 없어도 방향성을 잃지 않을 수 있다는 사실에 놀란다
죽기 전, 해야만 했던 일들이 떠오른다
죽었으나 아직 몸을 부릴 수 있으니
그 일들을 해보려한다

예상 가능한 일이었다
죽을 것을 알았지만
죽지 않기 위해 산척을 했던 것일지도 모른다
그래도 이제 죽었으니 다행이다
적당한 여유를 살 수 있는 돈을 벌어
이제는 행복할 수도 있을 것이다

죽는다는 것이 이토록 좋은 일이었을 줄이야
이미 죽었다고 생각했던 당신이 말했던 삶이
나의 죽음이었다니
역시 당신이구나

당신을 만난 것이 내 죽음에 가장 다행인 일이었다고

단추

그래 단추

이 단추를 너에게 줄게

단추가 없어도 나는 이제 옷을 여밀 수 있으니까

잠그고 끄르는 일은 마음과 상관이 없는 일이 되었으니까

그래 그때 그 단추

이제야 이걸 겨우 떼어냈으니까

손에 꼭 쥐고 편히 잠들면 돼

원하던 꿈을 꾸는 날에는 저 멀리 창밖으로 던져 버리면 돼

다시 단추 없이 잠들 수 있게 된

나는 이제 사랑한다는 말을 잘도 한다

원형

그래
당신은 우리 안에
정확한 언어로 형용할 수는 없지만
그 어떤
변하지 않는
시간이 흘러도 흔들리지 않는

원형

같은 것이 있을 거라고 했지
긴 여행을 다녀온 사람들이
나를 찾았다고 여길 때
혹은 말할 때
그건 아마 자신의 원형에 다가간
사람들일 거라고 했지

원형을 찾다 죽어간
수많은 학자들이 남긴 것이
그걸 애써 설명하기 위한
지금 우리 앞에 놓인 이론들일 거라고

나는 원형에 다가가지 못했기 때문에
원형을 찾아 헤맨 시간들을
헛된 것으로 남기고 싶지 않아
이론으로 변명한 거라고 했지

혹은 원형을 찾은 사람들은
그것에 대해 분명 침묵했을 거라고
마치 죽음에 다가갔던 사람들이
죽음에 대해 침묵했던 것과 같이
누구의 말이 맞는 걸지는 모르겠어

하지만
나는 알지

나의 원형은
당신이었다는 걸

변하지 않는
시간이 흘러도
흔들리지 않는

우리 눈 속으로 잠깐 숨자

모든 게 다 괜찮아질지도 몰라

박지용

그럼에도 영원에 대해 이야기할 것입니다
시집 『천장에 야광별을 하나씩 붙였다』
@jiyong.4

청춘문고 016

점을 찍지 않아도 맺어지는 말들

2019년 4월 3일 1판 1쇄 발행
2023년 8월 28일 3쇄 발행

지 은 이 박지용
발 행 인 이상영
편 집 장 서상민
책임 편집 이상영
디 자 인 서상민, 오진희
마 케 팅 이인주
펴 낸 곳 디자인이음
등 록 일 2009년 2월 4일:제300-2009-10호
주 소 서울시 종로구 자하문로 24길 24
전 화 02-723-2556
메 일 designeum@naver.com
blog.naver.com/designeum
instagram.com/design_eum

*잘못된 책은 바꾸어드립니다.